U0454992

怀念一朵云

介马 ◎ 著

HUAINIAN
YIDUO YUN

哈尔滨出版社
H.P.H
HARBIN PUBLISHING HOUSE

图书在版编目（CIP）数据

怀念一朵云 / 介马著. — 哈尔滨 ： 哈尔滨出版社，
2022.3
ISBN 978-7-5484-6426-6

Ⅰ．①怀… Ⅱ．①介… Ⅲ．①诗集－中国－当代
Ⅳ．①I227

中国版本图书馆CIP数据核字(2022)第017643号

书　　名：怀念一朵云
HUAINIAN YIDUO YUN

作　　者：介　马　著
责任编辑：韩伟锋
封面设计：树上微出版

出版发行：哈尔滨出版社（Harbin Publishing House）
社　　址：哈尔滨市香坊区泰山路82-9号　　邮编：150090
经　　销：全国新华书店
印　　刷：武汉市籍缘印刷厂
网　　址：www.hrbcbs.com
E-mail：hrbcbs@yeah.net
编辑版权热线：（0451）87900271　87900272
销售热线：（0451）87900202　87900203

开　　本：880mm×1230mm　　1/32　　印张：7.5　　字数：110千字
版　　次：2022年3月第1版
印　　次：2022年3月第1次印刷
书　　号：ISBN 978-7-5484-6426-6
定　　价：68.80元

凡购本社图书发现印装错误，请与本社印制部联系调换。
服务热线：（0451）87900279

写在前面

1994 年在党报副刊发表诗歌处女作以来，迄今文学与我相伴已近 30 个年头。其间，由于生活工作的原因曾搁笔多年，但文学梦对于我始终没有醒过。小学毕业考的时候，我的作文《木棉树》得了满分，从此我便爱上了写作。初中的时候作文经常被老师当作范文在课堂上念。尤其是 1994 年在党报副刊发表诗歌处女作后，又在省级电台播出几首小诗并收到一些听众的来信，说诗写得很有生活气息，很有意境，很让人感动，让我深受鼓舞，更增添了我对写诗的热爱。我是一个感情丰富的人，一片树叶，一朵白云，一声鸟叫，水里的一个漩涡，都能让我感动，让我浮想联翩，情动于中而形于语言，便成了一首首小诗。一路走来，虽然磕磕绊绊，但也有些收获，在各级报纸、杂志、电台发表了一些诗歌，获得了一些诗歌奖，入选了一些诗歌选集。近日整理旧作时忽然想到要把这些文字辑成集，算是对自己写诗生涯做个小结，也给自己个交待。

本书辑录了我多年来生活中所见所闻所想的诗歌作品143首。有写故乡情的，有写亲情的，有写爱情的，有写友情的，有写生活感悟的，每一首诗都是一幅画，每一首诗都是一首美妙的音乐。这些诗歌运用现实主义和浪漫主义手法，注重音乐性、意境美，以画入诗，以独特的视角，细腻的笔法，深情地抒写一幅幅生活画面。从书中可以看到我对生活的热爱，对故乡对亲人的眷恋。

倘若这些文字能给读者一些感动，产生一些共鸣，便是我最大的收获。感谢一直以来关心、帮助和支持我的读者和编辑老师。

是为序。

目录

梦想启航

啊

梦想启航

梦想启航

有一个地方叫平果大学城

带我走向明天走向辉煌

那是我向往的地方

那是我学习的天堂

有一条河流名字叫右江

它带我去寻找梦想和远方

去看那海浪滔滔

去看帆船击浪

去看那浩瀚的知识星空

啊

我愿化作浪花一朵

融入知识的海洋

托起梦想的帆船

梦想启航

梦想启航

有一个地方叫平果大学城

它带我去寻找明天和希望

去看那蓝天白云

去看那美丽的月亮

去看那太阳升起的地方

啊

我愿化作雄鹰一只

在靠近理想的地方

托起梦想的翅膀

自由翱翔

自由翱翔

啊

平果大学城

我向往的地方

我学习的天堂
托起梦想的帆船
梦想启航
梦想启航

我爱祖国的蓝天

我爱祖国的蓝天
她是那么的蓝
广袤天空寻不到一丝丝白云
一轮红日如明镜高悬
万里碧空，小鸟在自由翱翔

我爱祖国的蓝天
她是我生命的摇篮
载着我在春风里荡漾
在祖国的大地上
每一滴甘露都把我浸润
明媚的阳光洒遍每一个角落
春天里，小草在自由地歌唱

我爱祖国的蓝天

蓝天下的这片土地

山青水绿，稻花飘香

山村宁静，城市高楼林立

工厂里顶天立地的烟囱

向你唱着和平的歌

啊！我爱祖国的蓝天

更爱蓝天下的这片土地

美丽的平果我的家

美丽的平果我的家
那里有我的兄弟姐妹
那里有生我养我的爸妈
马头山下的印象公园
我曾经去散过步
那里的一草一木
陪伴我慢慢长大

美丽的平果我的家
那里有我的亲戚朋友
那里有疼我爱我的她
右江边的那个小公园
我们曾经去散过步

那里的每一朵浪花
见证我把她带回家

啊！平果，我的家
那里有迷人的风光
那里田园美景如画
遍地铝矿贡献给国家
如果你来到我的家
四块鸡送玉米酒猜码
玉米粥送菜麻麻 ①
让你心儿乐开花

---

① 菜麻麻，即麻菜，平果特有的一种菜。

香蕉树

香蕉树，你举起巨大的梳子
为大地母亲梳理头发
大地已苍老
你看那草地 ——
大地母亲的头发
已干枯
我坐在你的树荫底下
让树荫把我盖住
埋入净土
阳光和空气
缓缓进入大地母亲的心脏
进入我的身体，我的灵魂

大雨之后

一场大雨，把天空洗得干干净净
湛蓝湛蓝的天空
像一面镜子
把太阳影照得清清楚楚
斜坡上，郁郁葱葱的杉树林
高出山顶，而高出杉树林的是
一朵一朵蓬蓬松松的白云 ——
天空的白发，被阳光染成
七彩斑斓的彩虹
一头牛犊在我前面吃草
我看它，它也看着我
眼睛很温柔
我们都毫无敌意

假如你过得不幸福

假如你过得不幸福

不要悲伤，不要流泪

人生不如意事十有八九

抬头看看天，低头看看地

天那么大，地那么广

它能容纳你所有的委屈

喜欢就去争取

得到就要珍惜

失去就把它忘记

其实，

生活就是简简单单

生活就是平平淡淡

幸福就是 ——

有家回，有人等，
有人爱，有人懂，有人陪

在坳口

在坳口
前面有两条下坡路
后面有一条上坡路
前面是往前的路
后面是来时的路
在人生的半山腰
我只能往前走
不能回头

怀念一朵云

纷飞的思绪飘出窗外
回到故乡老家的晒台上
母亲正坐在晒台上
手拿针线活儿
嘴里轻轻地哼着民谣
正午的太阳
暖暖地照在她的头顶

一朵犹如棉絮一样
蓬松美丽的白云
在她的头顶飘过
母亲说，那是一朵
无家可归的云

在天空中到处游荡
寻找归宿

母亲的话，如今
还回响在我的耳畔
身在异乡的我
就像那朵无家可归的云
好想好想飘回家去
依偎在母亲的怀里

怀念一朵云
一朵在母亲的头顶上
飘过的云，就会想起
母亲慈祥的话语
想起临别时母亲谆谆的叮咛

寂寞的丝袜

许多年没去过草地了
也没去过河边散步了
街也不逛了……
蓝天、白云、空气、鸟叫声……
都是奢侈品
许多年以前
我早已被阳光遗忘
我，活在我的世界里
我四四方方
我的世界也四四方方
老实待着吧
也不想走出衣柜的门
独处，是一种生活

寂寞，是一种享受
做一朵幽兰
寂寂地开放

流浪的裙子

风成了雨的新娘
我却没有了家
我在黑夜里流浪

月亮把白天走丢了
我在黑夜里寻找太阳
我需要燃烧
需要一个
巨大的燃烧着的火球
来温暖我的心，我的身体
也把这冬天里寒冷又
肮脏的垃圾堆燃烧干净
生活不是垃圾堆

生活是诗歌，是朝霞，是彩虹
哦，我要做一道彩虹
到彩云边去流浪

在站台

在站台，我送儿子上学
一列火车像一段时间一样
停在我们面前，它要开往很多站点
就像儿子的一生
也有很多站点 ——
婴儿、幼儿、童年、少年……
虽然站点不同，但方向相同
儿子跟火车一样
正在途中，离终点站还远
他一脚踏上火车，火车起动
呜 ——
儿子，人生旅途漫长
要像火车一样

起动慢点，途中
该加速就加速
该减速就减速
一路按既定时速前进
才能按时到达终点站

和儿子讲我跟父亲去砍柴

和你一样大的时候

我已跟着父亲去砍柴

那山，怪石嶙峋

悬崖峭壁，荆棘丛生

还有野蜂、蛇

这些凶险的动物

父亲总在前面

踩出一条路

寻找可砍之柴草

我总是跟不上父亲

和父亲的距离越来越远
等我抬头仰望
父亲已爬到山顶
我发现，父亲比山高
顶着一片蓝天

家乡的记忆（组诗）

老屋

那是很多很多年以前了
父亲参加解放军复原回家当农民时
乡亲们一根木头一根木头
一片瓦一片瓦
搭盖起来的
老屋
留在我的记忆里

老屋有堂屋，火塘，磨坊
堂屋左右两边是卧房
卧房中各摆放着

两个背靠背的
木架床
还有装粮食的木柜子和
装衣物的木箱

老屋是典型的
壮族干栏式木楼
底层养禽畜
中层用木板把人和禽畜
隔开
上层用竹子在柱子间的横梁上
编织，屯放
刚收回来的玉米棒和
南瓜、芋头、红薯

老屋装着我们
兄弟姐妹童年的欢声笑语
还有父亲那
"勤不富也饱，懒不死也饿"
"要你成小鸡，你偏成孬蛋"
"是金子，总会发光"
的谆谆教诲

老屋，飘荡着
父亲悠扬的歌声
"向前向前，我们的队伍向太阳……"
经久不息
父亲总是那样的乐观向上
好像他从来就没有
烦心事

老屋，飘荡着
母亲哼唱着
伴我们入眠的
小夜曲
煤油灯下
母亲摇着摇篮的身影
如今还历历在目

老屋，飘荡着
玉米粥的味道
南瓜粥的味道
红薯粥的味道
木薯粥的味道

黄豆的味道
绿豆的味道
猫豆的味道
饭豆的味道
各种野菜的味道……

当黄豆收获的季节
老屋中就飘荡着豆腐的香味
那是我们农家用石膏做的豆腐
纯天然的豆腐
好香好香的好可口的豆腐
那个蹲在灶台旁等着
豆浆烧开吃豆腐花的
小男孩
现在还直流口水

每年春节
老屋中总有一个小男孩
蹲在砍鸡肉的哥哥旁闹着
把那个最大的鸡腿给他吃
蹲在包粽粑的姐姐身旁
等着吃粽粑

可等到粽粑放锅，还没
添几把柴火，就睡着了
让姐姐抱到床上去睡

如今，老屋早已翻新
建成了楼房
老屋，再也回不去

犁铧

墙角里
静静地躺着
多年不用了的
布满灰尘的
犁铧

看着那锈迹斑斑的
犁铧
父亲犁地赶牛的吆喝声
仿佛又在我耳边响起

那些年
牛套着犁铧
父亲左手扬鞭
右手扶犁铧
一步一步
一犁一犁
一行一行

一块地一块地
犁出一家人
粮食的诗行
播下一家人
温饱的种子

磨米

在家乡
每家每户的院子里
丢弃着一个石磨
看到它
磨米的情景仿佛又在眼前

一个人磨米
最孤独
磨一斤玉米
仿佛推着石磨
转了
三个世纪
磨三斤玉米
仿佛推着石磨
绕地球
转了
三圈

三个人磨米

最热闹

嬉戏笑闹追逐

石磨飞快地旋转

玉米粉纷纷从

上下磨盆接缝间流出

调皮的弟弟

恶作剧

偷偷在上方磨盆洞中

加一把玉米

换来姐姐骂声一片

磨米

把米磨成粉尘

把记忆磨成碎片

炊烟

傍晚的时候
每家每户
袅袅地
升起了
炊烟

炊烟
和着
晚霞
白云
蓝天
揉成
一团团
五色糯米饭

地里劳作的
乡亲
收工回家

山上的牛羊
吃饱
归栏

饿扁了的
小孩在哭
猪在叫
鸡在喊

鸟儿归巢
炊烟
用一块黑色的布
把天空
遮了起来

山间小路

山间小路
弯弯曲曲
弯弯曲曲

母亲带着我
赶着牛羊
从这头
走到那头

山间小路
弯弯曲曲
弯弯曲曲

母亲带着我
挑着柴草
从这头
走到那头

山间小路
弯弯曲曲
弯弯曲曲

母亲带着我
挑着农家肥
从这头
走到那头

山间小路
弯弯曲曲
弯弯曲曲

母亲带着我
挑着玉米
从这头
走到那头

山间小路
弯弯曲曲
弯弯曲曲

我背着书包
母亲挑着行李
把我
从这头送到那头

如今
山间小路
依然
弯弯曲曲
弯弯曲曲

母亲在那头
我在这头

放牛娃

每天
赶着牛
找一块绿油油的
草地
把牛放了

找一块
平坦的石头
躺下
惬意

看紧牛
别让牛偷吃
别人家庄稼
母亲的叮咛
在耳边响起

睡是睡不成了

起来

爬树

掏鸟窝

摘野果

找野蜂

吃蜂蜜

放牛娃的梦

在牛背上

在草地里

守岁

小时候
每到除夕夜
就守岁

烧一盆炭火
点燃灯烛
铺一张席子
席地而坐

红红的炭火
烧旺来年的日子
屋外的鞭炮声
像一声声春雷
催促新年生根发芽

旧岁的事物
恍如昨天

想把岁月留住
时间无情
从指缝间悄悄把它带走

急走的儿童
出门去谁家拜年拿压岁钱？

新年的钟声敲响
岁，在鞭炮声中
掀开了崭新的一页

总有一盏灯为你亮着

一次晚归
时针指到凌晨四点
屋里的灯还亮着
母亲坐在灯下想着心事
灯光，是母亲的白发
母亲的牵挂
见我回来，母亲站起来
长舒了一口气
把心事放下
回屋睡了

有母亲的地方
不管你回来多晚
总有一盏灯为你亮着

情诗十四首（组诗）

柿子树下的吻

一只蜜蜂在柿子树上飞来飞去
寻找花蜜，但花刚含苞欲放
我们静待花开，满树的芬芳
告诉树下的我们，那是甜蜜之源
春天已在我们的心中绽放
我们和柿子树度过了一个甜蜜的春天

夏天，我们来到柿子树下
满树已是金黄，满树载满甜蜜
我柔软的心，是树上那熟透了的柿子果

烤火

你说今晚哪也不去，就在家烤火
认识三年，我只送你一朵花，
一件裙子，你的心就比那朵花还要怒放
在这个爱情沦陷在金钱旋涡里的年代
今夜我们不谈钱，只谈爱情
我们坐在炉火旁，炉火烧得通红
其实这个冬天不冷，烤火只是一种习惯
你说，最主要的是让炉火把我们的灵魂烤净

我想摸摸你的手

白皙白皙的手，小巧玲珑的手
别具一格的手，那是天工之作啊
我心中最圣洁的艺术品
你看那感情线出神入化，意象万千，
妙不可言，内涵多么的丰富，多么的美啊
这些词语都不能够足以形容
鬼斧神工的艺术品啊
牵引着我的灵魂
使我情不自禁地想伸手去摸摸
让我掌中的感情线
交叉在那条使人丢了魂魄的感情线上

播种

春天，我在默默地播种
你在背后施肥
我俩共同沐浴春的阳光
我说　下一场春雨多好
你说　待那场春雨过后
我俩的地里　就会长出
茁壮的禾苗

想你

手机一响立刻看是不是你
无聊的时候翻看我们的聊天记录
早上睁开眼就看你的朋友圈
睡觉之前看看你有没有发动态

病句

为什么你对我总是疑惑不解
为什么你对我总是设法修改
常常　在我的身上画红线
连我给你的眼神这个标点符号
也说运用不当
我不明白
对你来说
为什么我总是病句

选择

就是在那一瞬间
酿成了你终身错误
就是在那一瞬间
造成了你一生残酷
你选择和我擦肩而过
在人生岔路
不想
你却坠入千里烟雾
回望身后茫茫来路
泪水涌成瀑布
一次选择错误
便一错再错
找不到幸福的归途
也许你没有发现
我能给你的财富
是你一生的幸福
你为什么不愿跟我同路

有你同行

多少年来
我独自在黑夜中行走
独自一个人享受寂寞
人生孤旅
像一杯加糖的咖啡
苦涩中带着甜蜜
多么渴望
有一个伙伴一起品尝

你的笑靥
像火把
照亮了我前面的路
你的明眸
在我的心中闪烁
像一颗报晓的启明星
使我看到了黎明的希望

有你同行

我不再是荒野中的一棵小草

孤独柔弱无助

照亮黑夜的是太阳

比太阳明亮的是你

有你同行

我的人生将是一片光明

等待

我终于有了一个美丽的等待

源起于你那一个美丽的承诺

它像黑夜里的一星火光

使我看到了希望

从此我的诗歌每天为你歌唱

为我驱赶那等待的漫长

我不知道等来的是冬天还是春天

但我还是要虔诚地等待

如清晨等待霞光

傍晚等待夕照

我将每天每天，每晚每晚

祈祷

坚信你的心终将为我开放

因为我对你的真诚

来自于一个圣洁的魂灵

连上天都会感动

姑娘啊，睁大你的双眼吧

把构成我躯体的每一个细胞看透

特别是我的心，我的魂灵

给爱情注解

我给爱情注解，爱人
面我而坐，温柔如水。
静听我滔滔不绝。
我说爱情就像诗歌，
讲究平仄对仗，
讲究意境营造。
我说爱情就像散文，
注重细节注重描写，
组织材料都是
为了突出一个主题。
我说爱情就像小说，
可以不食人间烟火。
爱人说，亲爱的，
我越听越糊涂。
她给了我一个深深的吻。

你糊里糊涂走进我的生活

那天和你不期而遇
阳光很明媚，风很柔
我们去河边，去草地
扮演两只丑小鸭
美丽的童话故事
你就这样糊里糊涂
走进我的生活
我还来不及张开双臂
满怀已是醉人的温柔

看着我

看着我，姑娘
让我的心跳
如峰峦一样起伏
像海浪一样澎湃
像大海一样深情地
看着我，姑娘
让你的柔情
像清澈的溪水一样
流进我的心中
静静地看着我，姑娘
什么也别说

我想打开你的心房

轻轻地
我靠近你的窗口
想看看
你的灯是否为我亮着
却发现
屋里漆黑一片
房门紧闭
我知道
现在我最需要的
是一把钥匙

表白

你是我生命里的太阳
你是我天空中的月亮
没有你我的日子将是漆黑一片
我对你的爱清澈得如同蒸馏水
我对你的热情像夏日里的太阳
不想海誓，不想山盟
只想化作一只燕子
把整个春天衔到你心房
只想化作一座山川
守护你，像守护河流一样永恒

春种归来

山腰上传来汉子粗犷的歌声：

"妹妹呀你在哥的心坎里，
伴哥哥呀下地种玉米。
种一天玉米归来呀，
哥哥不知道累……"

晚霞羞答答地赶紧躲在山背后，
紫色的披纱呀在背后飞，
池塘的水里倒映着谁家姑娘的笑脸？
好似一片彩霞映红了半边池水，
一片蛙声惊醒了她心中的秘密。

"妹妹呀你在哥的心田里，
盼清明呀能和禾苗一起拔节。
风刮不倒呀雨打无畏，
秋后硕果累累……"

袅袅的炊烟抚摸着汉子的心，
谁家的姑娘在煮粥？
汉子呀你知不知道，
她正把刚挑回来的一担
甜甜的心事倒进锅里煮熟。

春天

轻轻撩开千家万户的窗
羞答答的
像姑娘小伙初次见面

轻轻叩响千家万户的门
羞答答的
像姑娘初次访问小伙子的家

春天来了
抚摸过处
枯枝败叶
销声匿迹

鸟儿叫了

花儿开了

草儿绿了

冰雪融化了

和煦的阳光普照人间

水库移民（外一首）

自从有了水库
就有了水库移民
或后靠安置
或插花安置
或远离故土
迁移到他乡安置

水库移民
这个平常而不平凡的名称
响亮在水库边上
为兴水利
为电力发展
奉献故土家园

啊

水库移民

你如海的胸怀

澎湃起感动人心的波浪

移民干部

一身铁骨
弯成了水库移民安置点
一条条自来水管
铺成了水库移民安置点
一条条水泥道路
架成了水库移民安置点
一幢幢砖混楼房

一腔热血
洒出了水库移民安置点
一片片田野的希望
汇成了水库移民安置点
一条条富裕的河流
凝成了水库移民安置点
一股股团结的力量

啊
移民干部

你如山的臂膀
挺起水库库区建设的脊梁

啊
移民干部
库区移民的好儿女
撑起水库库区
和谐
稳定
富足
安康

下雨了，你关好窗了吗

雨点在我的窗玻璃上弹奏钢琴
窗外，树木和风雨在嬉笑怒骂
我晒在阳台上的衣服早已缴械
被我俘虏
下雨了，你关好窗了吗
你说怕打雷闪电
我不在你身边
打雷了
你就大声喊我的名字，好吗

我一个人走在街上

来来往往的人
穿梭在来来往往的车流中
来来往往的人影
像蜘蛛网一样交织
分不清谁是谁谁谁
人和影子互无关系
人和人也互无关系
更别说人和车辆
影子和车辆了
当然　　这一切
也跟我互无关系
我穿过宽阔的街道
走进小巷　　没有路灯
我走进黑暗中

夏至，雨一直下

进入夏至

雨一直下

一直下

雨点滴滴答答

不停地

敲在我心上

昨天家乡传来

玉米被水淹了的消息

每年这个时候

正是夏收时节

这雨

如同猛兽

吞噬了父老乡亲

一年的心血
我躺在床上
辗转反侧
窗外
雨一直在下
一直在下
滴滴答答
敲在我心上

黑夜 亮光

有一种亮光
在黑夜里摇曳
有一种亮光
是心灵的太阳
有一种亮光
在风雨中摇曳
有一种亮光
在黑夜里诞生

那一种亮光哟
是光明的使者
那一种亮光哟
是人生之旅的指航灯

那一种亮光哟
是不灭的永恒
那一种亮光哟
是黑夜里的希望

黑夜吞噬了白昼
吞噬了太阳
吞噬了山川
吞噬了大地
可就吞不掉呀那种亮光
不灭的亮光永远与黑夜抗衡
只要有光亮
就永远有希望

有一种亮光
在黑夜里摇曳
有一种亮光
是心灵的太阳
有一种亮光
在风雨中摇曳
有一种亮光
是黑夜里的明灯

那一种亮光哟
把黑夜照亮
那一种亮光哟
把前程照亮
那一种亮光哟
给黑夜带来温暖
那一种亮光哟
给黑夜带来光明

寒冷冻死了夏天
冻死了东风
冻死了河流
冻死了蝉鸣
可就冻不死呀那种亮光
豆大的火焰
永远与寒冷的黑夜抗衡
只要有亮光
就永远存在光明

有一种亮光
在黑夜里摇曳

有一种亮光
是心灵的太阳
有一种亮光
在风雨中摇曳
有一种亮光
照亮我的人生

灵感袭来

仿佛枕着月光轻眠
那缥缈虚幻的感觉
犹如仙境
总是感到有所涉猎
而又涉猎不到什么
那胸中燃烧着的欲火啊
可以熔化铁

好似一场温柔的梦
那梦中飞舞的蝴蝶
是诗神缪斯
总是感到有所发泄

而又发泄不出什么
那心中翻腾着的情感呀
醒来才惊觉

肖像

一对儿美丽的黑宝石
镶在你的两片柳眉下
褐色的瀑布在你的双肩上奔流
衬着鼻下绽放的玫瑰
很美很美

秃树

它孤零零地在山岗上
像是在等待一个人
那枝丫一片叶子也没有
或早已干枯，但仍
努力地伸展，或伸向天空
或往山岗下的方向伸展
像是探头眺望
黄昏使它显得更加悲凉

自白

我知道我的外表是多么的冷漠

就像封闭多年的火山口

里面虽然岩浆沸腾

却改变不了冷清的山头

有时我被人说胆小如鼠

但我不承认我是懦夫

即便是一叶窄小的木舟

也敢漂洋过海

我不是冬也不是秋

别把冷与凉往我身上泼

我是夏也是春

时而狂热时而温柔

总想

总想踏着碧波
渡大洋环球
总想乘着风浪
去银河遨游
总想做一名丹青
描画江山锦绣

收获

手捧着杂志颤抖
眼泪如黄豆般洒落
纸上晃动的文字
是丰收硕果
春天播下的种子
现在已有收获

春天来了

——一个盲人的自述

我走在大街上
去寻找春天
我走到十字路口
交警说
大哥，我扶您过马路吧

我走在大街上
又一个十字路口
姑娘说
叔叔，我扶您过马路吧
我问她名字
她说，我叫志愿者

我走在大街上
又一个路口
小朋友说
伯伯，我扶您过马路吧
我问他名字
他说，我叫红领巾

我走在大街上
周围飘来欢声笑语
喇叭里传来
"让我们都来
关心残疾人……"

春天来了
虽然我眼睛看不见
但我心里明亮
春天来了
春天的确来了

山村的傍晚

袅袅的炊烟染黑了太阳紫色的衣裳
田里的稻穗招手告别了归巢的鸽子
天空渐渐地合上她明亮的眼睛
劳作的农民站在稻穗的浪里忘了离去
山腰上盘绕的是牛羊成群
荒野还在回味牧童的笛声
舍不得上岸的是贪玩的鸭子
谁家的孩子在河边嬉戏
等妈妈拿竹篙和鸭子一起赶
村头的小路上留下一串欢声笑语

亮灯的时候
泥土的气息充满了每一间屋子

石罅中的小草

仅仅一抔黄土
便足使我们安居乐业
仅仅几滴雨水
便可支撑我们的生命

我们不羡慕沃土中的伙伴
因为我们知道
安逸的生活会削弱意志
我们不嫉妒盆中的兄弟姊妹
因为我们认为
这样的生活过得太庸俗

畸形的肢体招来人们鄙视的目光

但我们从不向命运和世俗低头
生命的本身就不需要过分的乞求
乞求得来的往往使自己的良心受谴责
又何必整天挖空心思来折磨自己
只有寄生虫才会有这种愚蠢的做法

玫瑰可以向人们卖弄姿色
牡丹可以向人们显示富贵
我们只能用稀疏的枝叶
为人们挡风遮阳

巨石压不倒我们
寒风冻不死我们
春天，你再看我们
从背光的那一面
一弯三折地探出头来
仰望太阳

不等式

当我喘气
生活就大于我
当生活喘气
我就大于生活
生活和我
是一个不等式

春晨图画

太阳安详的脸

透明得如同水晶

身穿雪白轻纱的薄雾

把它的梦深入

天空和大地开始进入童话

透过薄雾乳白色的窗帘

太阳的影子掉进水里

惊出　茅草丛中鸟雀的欢唱

长成草木生命的蓬勃

静默风景

假如你是一位潜水员
当你潜到一定的深度
你就会从那里　浮出水面
泊成一只船
假如你是一位宇航员
当你到达某一个星球
你就会在那里　摇身一变
降落成一只静止的飞船
假如你是一位爬山运动员
当你爬到了峰巅
你就会站立成一座大山
啊
人生无处不是一片静默的风景
只要你付出了心血和汗水

空想者梦的破灭

时间，滴答，滴答
一只歌唱的鸟

轻如它的羽毛，从空中落下，
精雕细凿地筑巢

我虽然年轻。但
日子对我来说并不深奥。

一粒泥沙一粒泥沙地计算，
太阳年老还是年少。

惊醒懒惰者之梦。

呓语延续成为浪涛。

一枕黄粱，被现实
放进海里浸泡。

牧歌

一条白栅栏围不住一片绿色
青春的笛眼幻化满天星
牧童的歌声在远山的梦中缭绕
告诉我是否超越自然的航向
生命的帆船在绿浪尖上颠簸
溅开千万朵青春的芳香

希望，升起在清晨

既然心已变得宽广
就不要再涉足
山坳幽谷
既然路已变得平坦
就不要再回首
羊肠小道

许多时候
只因为迷恋
高峰的险峻山谷的幽深
而跌入深渊
只因为流连
小道的崎岖山道的蜿蜒

而迷失方向

当你出洋远航
不要因为前面
会有暗礁就不启程
当你爬山探险
不要因为遇到
荆棘峭壁就畏葸不前

生活中总是有
风浪，沙漠，险滩
生活中亦不缺
温情，仁慈，友爱
当你无助的时候
清风明月会同你
把心与心穿成重叠的山峦
托起太阳
希望，升起在清晨

沿着马路奔跑

沿着马路奔跑
像鱼儿在海里遨游
像鸟儿在空中飞翔
无忧无愁
空荡荡的躯壳
忘了自己脚还踩着地球

沿着马路奔跑
想象自己逃离了宇宙
由物质变成非物质的东西
想象自己变成一只天狗
吞食太阳和月球
想象自己是一瓶超凡的酒

可以醉倒整个宇宙

沿着马路奔跑
像一只羔羊
像一匹野马
风，车，人，树
存在又不存在
就像一些缥缈虚无的东西
反正也懒得去推敲

沿着马路奔跑
想象自己猝然摔倒
变成一块面包

碗和主人

你的嘴没有我的嘴大，碗说
你的肚子没有我的大，主人吹嘘
你每天都亲我的嘴，碗说
你每天都被我利用，主人得意
我可以没有你但你不能没有我，碗说
没有我你存在就没有意义，主人说

沉默也是一种伤害

有时　正是为了逃避伤害
才保持沉默
有时　正是因为沉默
才受到伤害
沉默不一定是金
沉默也是一种伤害

告别今天

我向你
挥一挥手
不说再见
过去的就让它
永远过去吧
无须抱歉
你我之间
毕竟留下了
永恒的美丽
一切如梦
真实的
只有那一份怀念

涉世之初

一双双陌生的眼睛
一张张陌生的面孔

一句句陌生的话语
一个个陌生的身姿

山也变颜
水也变颜

似曾相识
却又陌生

冷丁就把头撞破
不知所措

向爷爷求教

戴假面具示其中之奥妙

顿然醒悟
多少圆滑世故

选择

就是在那一瞬间

酿成了你终身错误

就是在那一瞬间

造成了你一生残酷

你选择和我擦肩而过

在人生岔路

不想

你却坠入千里烟雾

回望身后茫茫来路

泪水涌成瀑布

一次选择错误

便一错再错

找不到幸福的归途

也许你没有发现
我能给你的财富
是你一生的幸福
你为什么不愿跟我同路

孤独夜

我走出冷冷的沙发
冷冷的地板
冷冷的门
晚风送我到街上
冷冷的街道冷冷的车辆
冷冷的人
寂寞的路灯孑立街道旁

我走过冷冷的街道
冷冷的车辆
冷冷的人
晚风伴我到桥上
冷冷的波光

冷冷的船只
冷冷的月
孤独的路灯站立在身旁

向你倾诉

也曾望花簇寻梦
也曾在芳菲中徘徊
别人拥有太多美丽
我拥有的只是垃圾尘埃
一切都已经过去
别说无奈
除了你
我的记忆将是一片空白

也曾梦想花儿开
也曾梦想春儿来
别人拥有太多如意
我拥有的只是失败

一切都与我无缘
只能无奈
除了你
我的心中将是一片空白

也曾望美丽寻梦
也曾在梦想中等待
别人拥有太多真实
我拥有的只是渴望等待
多么无奈
除了你
我的生活将是一片空白

也曾梦想花不败
也曾盼望春常在
别人拥有太多回忆
我拥有的只是空白
一切都如过眼烟云
实在无奈
除了你
我的生命将是一片空白

名利

她微笑着站在那里
甜蜜地诱惑着
诱惑着

这笑里藏刀的屠夫，无形的杀手
挑起人类无硝烟的战争
给你以糖，给你以蜜
让你奋不顾身地为她冲锋
她用比罂粟花还美丽的外表
包裹的肮脏灵魂
给你以刺激
给你以快感
让你在飘飘欲仙中
中毒，身败名裂

小村

我的婴儿时代
在小村的襁褓里
让小村抱着
从田埂走到地头

我的少年时代
在田间
在蟋蟀巢边
和禾苗一起拔节

我的脚丫子
吻遍了小村的
每一块石头
每一粒泥土

如今长大

小村老了
我把小村
背到了城市

醉汉

这世界支离破碎，在我的眼里
是否我的眼睛有些不正常
不，是这世界不正常
不要以为我是醉汉
就什么都分辨不清
比如这酒是辣的
茶是苦的
世界是亮着的
却黑了一半
不要以为每个城市的夜晚
都是灯火通明

在我的眼前晃动着无数影子

流动的影子，成双成对
不要以为握紧了对方
这世界是如此的支离破碎
我这双手如果握不住杯盏
还能够握得住什么
把酒倒上
把茶倒上
把一切能喝的东西都倒上

想家的时刻

日落西山鸦雀归巢时
一个人倚窗凝眸，远眺
爸爸您荷锄归来了吗
妈妈您喂猪了吧
西边山头的那几朵白云哟
为何不给我回答
爸爸妈妈呀
请接住西落的太阳
那是我的心啊

曙光

当杜鹃花
开遍山谷的时候
让我们忘却
去年五月杜鹃的歌唱

生命的乐章刚刚奏响
优美的旋律响彻银河
握住生命的把柄
我们为日出而歌

太阳在漆黑的夜里摸索
穿过重重云层的阻隔
当早霞燃烧东边的山头时

那是一种怎样的壮丽啊

这种壮丽人们叫它曙光

壮乡三月三

壮乡的三月三哟

迷人的三月三

三月三的故事啊讲也不讲不完

五色糯米饭哟

香喷喷，香喷喷

怎比妹妹的脸蛋耐人看

挎菜篮，赶歌圩

篮里装的绣球五色饭

翻山越岭哟到北坡

草叶当笛子把哥唤

抛出绣球和五色饭

看哥哥接住绣球还是吃那五色饭

妹妹的心机哟比臼^①深
哥哥的嘴比杵^②长
早把妹妹心底来探
壮乡的三月三哟
迷人的三月三
三月三的故事讲也讲不完

---

① 臼：石臼。

② 杵：舂米的木棒。

追忆

寻寻觅觅中找不到自己
黄昏独自在风雨中追忆
茫茫人海中有我的影子
灵魂早已在空气中丢失
悲痛我不会在人前哭泣
忧伤我不会再垂头丧气
曾经的柔弱已成往昔
现在的我不会再流鼻涕
那一片秋叶不再是我的心事
飘零的心早已融化在冰雪里
啊
飘零的心早已融化在冰雪里

日子

我们每个人都在过日子
匆匆忙忙，匆匆忙忙
却不知道日子是什么东西
因此无法抓住它的把柄
让它在身边不知不觉地
悄悄溜走，悄悄溜走
有人说，日子就是太阳
从东边出来从西边落下
有人说，日子就是
上班下班吃饭睡觉
有人说，日子就是
打扑克摸麻将
父亲却说，日子就是勒紧裤带

山村夏夜

当炊烟送走最后一缕霞光
山村夜晚的序幕开始拉开
天空做幕，星星月亮做灯
各种人物闪亮登场
在大地舞台上
夜莺在树上唱着关于农事的歌曲
青蛙在田里说着关于丰收的相声
蟋蟀在玉米地里奏着悠扬的乐章
禾苗在夜风中翩翩起舞
萤火虫拿着相机到处游荡
闪光灯闪个不停
姑娘小伙出演乡村爱情剧
在自家晒台上

而这个时候
累了一天的山村已进入梦乡

夏至

夏至躲在农谚背后

父亲坐在田埂上

数着晨曦黄昏

数着清明谷雨

日子一天比一天缩紧

父亲额上的皱纹一天比一天深

夏至始终不肯露面

去年的粮食已不剩一粒

父亲心烦、焦虑坐立不安

摊开双手，却发现

夏至爬上了父亲掌中

加厚了一层的老茧

故乡的小屋

故乡的小屋，我的根
深扎在故乡那块贫瘠的土地上
父亲的教诲，母亲的爱，
兄弟姐妹的关怀
长成我茁壮的腰肢
使我能笑对风雨

故乡的小屋，我的根
是我爷爷的爷爷
留下的遗产
虽然极其不显眼
却装着我们几代人幸福的回忆

达努, 达努

——写在瑶族达努节

当你穿着盛装载歌载舞的时候

达努, 达努 ①

是谁给你带来的好日子

当你杀猪宰羊大摆长桌宴的时候

达努, 达努

是谁给你带来的幸福生活

达努, 达努

是谁赶跑了旧社会

让你翻身做主人

是谁分给你田地

让你吃上饭穿上衣

是谁带领你脱贫致富奔小康

达努, 达努, 永远达努

———————————
① 达努是瑶话, 不要忘记的意思。

山村的早晨

山村在芦苇花的睡梦中醒来
冬天的第一缕阳光
透过此起彼伏的鸡叫声
温暖地照进农家小院
亮闪了那栋新起的楼房
林立的楼房倒映于蓝天
如海市蜃楼
阳光斑斑驳驳
谁家早起的媳妇踩着鸟叫声的碎片
穿行于芦苇丛中
一大片一大片的芦苇花
像雪花，像火把
像蓬松的马尾，像燃烧的朝霞

装饰冬天的山野
也把她的梦装饰
山歌嘹亮
点缀着这座被村民誉为"小香港"的山村

城市偶拾（组诗）

上班族

一条线
把单位和家相连
时间牵着我们的鼻子
在线上走来走去

生意人

酒馆是半个家
我们在灯红酒绿中
醉生梦死
在觥筹交错中
达到目的
酒桌上是朋友
酒桌下是敌人
生意就是无硝烟的战争
我们的心
是铜板的化石

邻居

我们相邻而居
已有半个世纪
却不相识
只一扇门
就把我们的世界隔离

夏收

镰刀以舞蹈的姿势
在稻穗的浪里狂欢
打谷机成了农民心爱的琴
昼夜不停地演奏丰收的歌曲
稻谷像金黄色的音符
在指尖不停地跳跃
而这时候农民最希望
太阳火辣辣地烤炙大地
鸟叫和蝉鸣
叙述着汗水与泥土的故事

大山的儿子

他从大山里来

又回大山里去

带着从象牙塔里学得的东西

乡亲们双双温暖的手

是一个个热切的急盼

大山的儿子呀

肩上的担子重如山

石头缝里抠不出粮食来

你用什么来过活

石头窝窝里榨不出水来

有米你也难下锅

大山的儿子呀

眼里淌泪心滴血

从此陪伴他的是无数个不眠之夜

种粮难啊就种树养些羊

没水喝呀就搞家庭水柜

大山的儿子呀

从此山里山外跑

冬去春来

春来冬去

一座座荒山披上了绿衣裳

砍头树 ① 旺呀竹子茂

"砍头"过后羊满坡

石头石头变黄金

填满山里老人如沟的皱纹

填满大山的沟沟壑壑

一条公路如一缕白云

从天上飘来

一根根电线杆如雨后春笋

从石缝的泥窝窝里拔地而起

一个个清水盈盈的水柜

布满了家家户户的门前屋后

从此　　煤油灯进了博物馆

从此　　喝水靠肩头成了历史

---

① 砍头树即任豆树。

130

大山的儿子给大山写上了一个个惊叹号
一杯杯醇浓的玉米酒
代表乡亲纯朴的心肠

献给反腐倡廉的勇士

以剪刀的姿势

剪断邪恶之念

以利剑之姿态

斩断万恶之源

以净化人类灵魂的名义

逆流而上

挡住滚滚浊浪

在世俗的洪流中

站立成一株莲

我和李白对饮

今晚，我和李白对饮
月光如水，酒顺着月光飞流直下
从关雎走出的淑女温柔如月亮
带我游遍祖国的山山水水
而李白月下独酌的影子在酒中
一点儿也不凌乱，我不背唐诗
在酒中寻觅诗经中的爱情故事
追寻《离骚》背后屈原一生的悲壮
追寻《一代人》从黑暗走向光明的喜悦
我穿过酒杯，寻找
诗和酒共同的美 —— 朦胧美
今晚，李白醉在诗的梦中
我醉在酒的温柔里
这如诗的佳酿
让每一场筵席四季如春

歌颂新农村

泥土

孕育了稻麦的芬芳

太阳

给了我们生活的阳光

中国共产党

给农村带来了巨变啊

改革的春风吹拂

新农村茁壮成长

村道整洁

楼房整齐

红花绿树

互相掩映

石磨和煤油灯

被遗忘在角落里

天然气、电灯、电视机……

闪亮登场

喝的自来水

行的小轿车

把愚昧扫地出门

让科学入室登堂

邻里和睦

民族团结

制度民主

生活小康

山沟沟里开遍文明之花

农民的生活充满了阳光……

在野外采风的诗人

午后　诗人没有回家
诗人站在阳光中
尽情享受着阳光的恩泽
而大地亲吻诗人的双脚
像母亲亲吻儿子
阳光掠过诗人的发梢
诗人的头发闪烁着诗的光芒
诗人的灵魂在流动在奔跑
犹如原野上奔驰的骏马
灵感像马蹄一样嗒嗒有声

树叶在阳光的照射下精神抖擞
露珠是不朽的赞美诗
载在丛林的史册中熠熠生光

诗人的眼睛如一汪清水
渴望树叶上的露珠滚落
融入他的胸膛漾起波纹
铸就人间最美的诗行

鸟叫或蝉鸣
在诗人的耳朵里
都是世上最美妙的乐章
时间静止不动
阳光在诗人的发梢上凝固
诗人轮廓分明的脸
写上永恒
鼻子和耳朵
嘴巴和眼睛
是诗人画一样的诗
诗一样的画
头发在阳光照射下
像一首童话诗
在诗人的头上
而智慧
像天空中的朵朵白云
在诗人的脑海里飘来飘去

让诗人的诗

一会儿如晴空万里

一会儿似阴云密布

一会儿像大雨滂沱

诗人在树林中伫立

阳光射进林中

浮尘在阳光中飘动

诗人的灵魂

在树林里游荡

一片落叶

让诗人感动

那片落叶黄中泛红

那种色彩

在诗人的心中激起波澜

而它那种叶落归根

化作春泥更护花的精神

震撼诗人的心灵

让诗人产生共鸣

诗人想用诗来赞美它

但诗人想不出美的诗句

诗人想到了海子　顾城

树林在风中歌唱

诗人的头发在风中狂舞

诗人的心静如水

身体站立成一座雕像

远处的山

在诗人的眼里

是一首韵律铿锵的诗

气势磅礴雄壮

吸引着诗人的目光

近处的草丛

像一首爱情诗

一对蝴蝶在草丛中飞来飞去

诉说着梁山伯与祝英台的故事

诗人穿过树林

来到小溪旁

掬一捧溪水轻洒在脸上

诗人感到从没有过的舒畅

诗人陶醉在了田园诗的意境中

诗人的灵魂渐渐丰满

像一只长了羽毛的小鸟

飘飘然想要飞起来

而诗人的影子

像一首叙事诗

长长地记载着诗人的故事

从脚下一直延伸

到身后的树林戛然而止

让人回味无穷

树林的影子

在风中斑驳摇曳

像一首杂乱无章的诗

诗人凝望远山

层层的梯田

是诗人心中完美的诗行

阳光静静地照射在

诗人雕塑一般的脸上

诗人的身体在阳光中

枯瘦得像一根木头

但诗人的灵魂

却渐渐丰腴起来

在诗人的头颅中舞动

像一位美丽的姑娘

诗人走出唐诗宋词

在阳光中洗礼

在大自然中熏陶

而后又回到唐诗宋词中

诗人站在古人的肩上

眺望远处的峰巅

诗人看到了彩虹

看到了雨后天晴的风景

诗人就想

要是站在那峰巅之上

会看到怎样的风光呢

这时　诗人的眼里

充满了智慧的光芒

3D 打印技术

它是那条金鱼
我是老太婆
我向它要一块蛋糕
它立刻给我做出来
我向它要一辆汽车
它立刻给我造出来
我向它要一座房子
它立刻给我建起来
啊！多么神奇
建造一栋别墅
只需一天或几个小时
可以吃完晚餐
再去建房子住
在童话世界

或神话传说中
出现的场景
在现实中实现
它是那条金鱼
我不是渔夫
我是老太婆
在将来
我会向它索取更多
它定能一一满足我
渔夫和金鱼的故事
留在寓言中

那年我来到北京

那年我从学校出来
青春年少，来到北京
来到中国最繁华的现代化大都市
寻找梦想
也寻找愁的滋味

在村里时，无论学历身材
都称得上高大的我
来到北京，才感到自己多么的渺小
我背着行囊徒步前行
像一粒尘埃
一下就消失在车流中

我在街上买了一份报纸

循着报纸上的招工广告找去
我进了一家公司跟他们说我想做文员
他们问我有做文员的经历不
我摇摇头，他们说对不起
我又进了另一家公司对他们说我想找工作
他们问我以前做过什么
我摇摇头，他们说对不起
就这样循环往复，一连十几天
我累了，找一块平坦的地躺下，沉沉睡去

我来到长城当了一回好汉
又到紫禁城当了一回皇帝
一声汽车喇叭声把我带回了现实
肚子咕噜咕噜叫唤
摸摸口袋，钞票零零碎碎几张
明天还得去找工作
等我有一天梦想成真
到长城当了一个好汉
我要把整个北京带回家乡去
呜呼！觉也睡够了，美梦也做醒了
掬一把乡愁洗脸，太阳已是西斜

一只鸟和一滴水

鸟站在一块大石头上
一滴水从树上落下
慢悠悠地，不紧不慢地
从鸟的头顶上落下
就像时钟的秒针
嘀嗒嘀嗒一点一点挪动
鸟终于发现了它
伸头张开嘴巴想接住那一滴水
但已经来不及
那滴水跟鸟的嘴巴就差一点距离
不到一毫米的距离
或者说不到十分之一毫米的距离
鸟只能傻呆呆地看着它往下落
叮咚的一声，那滴水落到了

离鸟的脚底大约有十几米的深潭中
开心地溅起一朵美丽的水花
那滴水成了那朵水花中的雌蕊
它找到了它最好的归宿
而鸟依然站在石头上
不知要飞往何方

一声鸟叫

　　一声鸟叫，划过长长的夜空，周游世界。

　　它叫醒一对儿熟睡的夫妻，妻子翻了个身，对身边的丈夫说，亲爱的我听到了鸟叫声。丈夫说，你在说梦话，快睡吧！

　　它来到江边，那里有一对儿热恋的情侣在散步，姑娘说，多么悦耳动听的声音，好像在呼唤伴侣。

　　它来到城市，爬到楼房的窗台偷窥，那屋主人说，好久没听见鸟叫声了。

　　它来到日本，日本姑娘说，这鸟应该是一只日本鸟，日语歌唱得那么好。

　　它来到美国，美国小伙子说，这应该是一只美国鸟，美式英文说得那么标准。

　　到世界各国转了一圈儿，那声鸟叫又

回到了原来的地方，和黎明一起唤醒沉睡的老农，老农说，鸟叫了，春天来了。

清明

这充满哀思的季节，天昏沉沉
好像漏了水一样，雨一直下一直下
我在父亲的坟头，站成一棵树

惊蛰

鸟叫催开繁花鲜艳

蛙鸣唤醒绿叶茂盛

一场雨过后

大山伸开臂膀拥抱江河

江河却无情地奔向大海

树叶上的雨滴向阳光反映

不要强光照射

这样会离死亡很近

我在人生的扉页等你

高考放榜，问你成绩多少
你阴沉着一张脸
像满天的乌云覆盖大地
我就知道，你的天塌了
儿子，高考失败
并不是人生故事的结束
而是人生故事的开始
古代科举考试多少人落第
当代高考多少人逆袭
高考不是人生故事的唯一
人的一生有很多故事可以写
只要有耐心，有恒心，有毅力
总有一个故事写得出彩

儿子，握紧意志的笔杆
它是通向成功的灯盏
我在人生的扉页等你

美颜相机

像我这样原装的就好，
想要好看一点，
就开美颜相机。
效果杠杠的还无副作用。
一刷动态
总是看见好多人说，
"忘了他，我宠你"。
等了那么久，
别说宠了，
一个鬼影都没有。
都是骗人的！

责任

每当经受着病痛折磨时
想得最多的
就是我那年迈的双亲
和懵懂无知的孩子
他们都是我的责任

坚强

无论生活，
给你多少无奈和考验，
你都要笑脸相迎。
因为你不坚强，
没人替你坚强！

沉默的石头

一块石头，一块不起眼的石头

一块丑陋的石头

穿过亿万年时空

静静地躺在历史的角落

看花开花落，蜂蝶舞

任凭风吹，任凭雨打

就这么静静地躺着

远离喧嚣，淡泊名利

享受一份宁静致远

在草丛中，吸收山川和大地的精华

羽化成蝶，在花丛中翩翩

沉默的石头沉默了亿万年

沉默的石头其实并不沉默

宽容

胸怀大一点，学会宽容。
有人的地方就有矛盾，
有矛盾的地方就有摩擦。
只要不是要你的命
就随便他们说吧
嘴长在人家脸上
只要他够不要脸

喜欢

喜欢忙碌的生活，
只有这样
才没有时间胡思乱想，
因为，我肩上背负的
不只是担当，还有责任！

谷雨

雨来了，石头的心都是潮湿的
布谷布谷，布谷鸟跟着谷雨来了
布谷布谷，不哭不哭
家里的粮食够你吃两年
在这个万物疯长的季节
我们去玉米地或麦田
听父辈讲青黄不接的故事
听蟋蟀唱关于丰收的歌曲
青蛙在稻田里鼓着风琴
不哭不哭，布谷鸟不哭
我们飞上枝头，坐享其成
一树丰硕的果实，把青黄不接
这个词语，永久地写进词典里

开轿车回家

在外奋斗了十几年，
终于买上轿车了。
今年，我要开轿车回家，
车还没启动，心早已到了家。
拿起手机拨响，听说家乡通了
水泥路，我要开轿车回家。
电话那头传来熟悉又陌生的声音，
何止通水泥路，高铁都通了！
过几年还要建飞机场！
电商、物联网在家乡已不稀奇，
家家户户都住进了别墅。
开车在路上飞奔的我
以为离家乡越来越近了，

现在一下子觉得

家乡离我越来越远了。

我在奔跑，家乡也在奔跑！

家乡比我的车轮跑得快，

我才上二级路，家乡已上高速公路

游三江大侗寨

我沿着浔江滚滚的侗族血脉

寻找侗族的灵魂，侗族的根

我惊叹于多耶广场边上

铜鼓楼的鬼斧神工

那是侗族人民的文化瑰宝啊

大侗寨因它而璀璨

我惊叹于侗族同胞的芦笙舞

篝火盛宴下的丰收喜庆

侗族青年男女的浪漫爱情故事

我惊叹于侗族特色一条街 —— 月亮街

惊叹于侗族历史文化碑廊

惊叹于琳琅满目的三江奇石

融入侗族千百年的历史文化

我在三江风雨桥上

站成一处侗乡美丽的风景
福禄寺仿佛传来悠扬的钟声

那一把伞，那一朵云

那天，我从悦来国际会展城前面走过

太阳像火炉一般

烤得我眼前不断闪烁着无数颗小星星

汗如雨下，淋湿了我的衣衫

我像一片蔫树叶一样飘零在人群中

忽然，一把花红雨伞像一朵彩云一般

从我头上飘过

"先生，一起走吧！"

那声音，柔柔的，轻轻的

像一股清凉的风，从我心头吹过

伞下那一张脸，绯红如同云边的彩霞

那一把伞——

那一朵云，把太阳感动得落了一阵眼泪

悦来，我还会再来

在悦来街头，我拉一箱喜悦

里面装着悦来的风，悦来的雨

还有那，用花红雨伞为我遮挡烈日的姑娘

我慢悠悠地走，生怕走到车站太快

走累了，找张长椅坐下

慢慢欣赏来来往往的车辆和人

欣赏对面咖啡厅里喝着咖啡看书的小伙子

傍晚的悦来街上人不是太多，商店也不是

很吵

静谧，怡情，如同世外桃源

如同农家小院，只是多了车辆的喧嚣

悦来——

绿色生态宜居城，我走了

悦来 ——
国际会展名城，我走了
我高高兴兴地来
高高兴兴地回去
离别，是为了更好的相见
我走了，我挥一挥手
带走一箱喜悦

扶贫手记（组诗）

初到新力屯

鸟不拉屎的地方，住着

十几户瑶族人家，房屋八面通风

除了石头山还是石头山

把新力屯围得像一口大锅

明晃晃地照着蓝天

如一张饥饿的嘴巴，等雨吃饭

饮水，到山窝窝去肩挑背驮

水泥路，还在遥远的地方

赶一趟街要走半天的山路

一家人靠着一亩三分地维持生计

山外的人家早已把

"青黄不接"这个词语放进词典

这里的人却把它捧在手心

一身衣服穿过一年四季
三斤玉米就是一家人一天的粮食
我感到周围的大山都向我压来，那沉重
一颗心难以承受，呼吸快要窒息

爬山

到新力屯要翻越这座大山，与天相接
光秃秃的大山，一只鸟也不见
一条羊肠小道，从白云边
沿山蜿蜒盘旋而下，到山脚来接我们
一脚踏上这条小路，就是走上了扶贫之路
我们，要带领山那边的群众
翻越这座大山，去摘取天边那一朵云
那朵云是棉花糖，是牛奶，是雪白的面包
那朵白云就是我们的动力，我们的干劲
一个台阶一个台阶拾级而上，路上有很多
石头
造成了我们爬山的障碍，但我们一步也不
退缩
我们的目标很明确，向着山顶，山顶……
最终，翻越这座贫穷落后的大山

第一家长

第一次来到贫困户家
我拿出一份红头文件
文件上严肃地印着一个大红公章
我自我介绍说，我是市里派来的
到你家来当第一家长，你看哪
文件上白纸黑字写着的
我是第一家长，你呢
当然就是第二家长了。今后
我们要把这个家当好，争取早日脱贫
话说得很轻松，肩上的重担却很重
但我却不让贫困户知道
千斤重担我来挑，让他轻松上阵

动员养羊

那天艳阳高照，在贫困户家
我用我自带的酒菜，和贫困户饮酒
我们聊到了养羊，这地方只能养羊
四周除了山还是山，石头窝窝里却不长泥
土
没法种庄稼，只能养羊
这天然的羊圈，养上一百只羊随便
周围方圆十里没有一株庄稼，放羊不用看
销路不用愁，二十五元一斤

以奖代补

那天，贫困户的嘴咧开像一朵灿烂的玫瑰
那笑，是从他那颗红红的心喷发出来
他拿出存折给我看，存折里刚打印出来的
一行数字，散发着墨香，那是他养羊的奖励

搬家

那一栋栋崭新的楼房有一个共同的名字
叫作易地扶贫搬迁安置房
搬进新房的那天，贫困户的笑脸
如同新房的墙壁一样，焕然一新
感恩党和政府的关怀，温暖如阳光普照
脸上挂着微笑，泪水早已像新房里
打开阀门的水龙头，喷涌而出
离开了一方水土养不起一方人的地方
摘掉贫穷落后的帽子，扔在山旮旯里
搬进与城市相连的新房，那里附近
有学校，有医院，有集市，有工业区
那里通水，通电，通网络和电视
那里公交车开到门口……
扶贫车间让搬迁户的生活
离富裕越来越近……

吉祥小镇

一只吉祥鸟 [①]，衔着脱贫致富的种子 [②]
降落在平果市西郊
把千里之志写入大地
长出 54 幢楼房
那 54 幢楼房装着
2298 户贫困户的梦——

那梦是楼房梦是住房保障梦

[①] 吉祥鸟：指扶贫政策。

[②] 脱贫致富的种子：指易地扶贫搬迁政策。

那梦是自来水梦是饮水安全梦
那梦是通电梦是通网络和电视梦
那梦是公路梦是公交车开到家门口梦
那梦是上学梦是贫困户子女读书梦
那梦是治病梦是医疗保障梦
那梦是就业梦是贫困户脱贫致富梦

2018 年夏天，是个如火如荼的日子
党旗像一团团火焰
燃烧在吉祥小镇项目建设工地上
"奋战一百天，完成项目建设！"
一个响亮的声音，一个冲锋号角
领导包片，单位包楼
二十四小时轮番上阵
一百天，工地上的照明灯从不眨眼
一百天，工地上的机器没有睡过觉
一百天啊！整整一百个日日夜夜
终于，54 幢安置楼房从工地上
亮闪闪地长了出来
配套商铺，扶贫车间，九个中心
幼儿园，小学，初中
路网，电网，因特网……

附近还有医院，养老院
平果铝工业园，易地扶贫搬迁创业园
都说秋天是收获的季节
2018 年的秋天
平果市的 2298 个易地扶贫搬迁户
在吉祥小镇收获了住房梦
"感恩党和政府，没有共产党
就没有我们今天的幸福生活"
发自肺腑之言，出自内心的笑
那笑容照亮新房
把四周的白墙照得更白

从此，清晨太阳不再坐在山顶上
而是坐在地平线上，不再愁眉苦脸
笑眯眯的像个慈祥的老人
在睡梦中被叫醒的不再是鸡啼声
而是汽车的喇叭声和
工厂里机器的轰鸣声
每天早上起床第一件事
不再是把牛羊赶上山坡
而是打开电视看早间新闻
出家门便看见商店一个挤一个

争先恐后地拥向前来

超市，服装店，肉店，菜店，

米店，奶茶店……

再也不用为半瓢水看天脸色

再也不用为半斗米弯腰

再也没有时间去地里

和寂寞的野菜聊天

锄头把贫困在土里深埋

一双双混合着泥土味道的手

把机器当琴瑟来演奏

那一串串耳机

那一个个电子元件

是一首首脱贫赞歌

是一曲曲致富乐曲

流水线里流淌着贫困户的明天

每户确保一人以上就业

拉出了一条脱贫的底线

每天在扶贫车间里上班

不再面朝黄土背朝天

弯腰的是感恩

抬头的是自信

月底攥在手里的
不再是一个个金黄色玉米棒
而是一沓沓崭新的红色钞票
扶贫车间每天都在唱着致富的歌儿
"青黄不接"再也不上门来问候
低保帽子脱掉扔在山旮旯里
贫穷的日子拿去喂猪
从此，每天仰着头
挺着胸，比山高
腰杆直，走路带风

教室里传来的琅琅书声
是爷爷奶奶脸上的笑容
是贫困户明天的希望
那书声
让爸爸妈妈，爷爷奶奶
深得如大山里沟壑的皱纹
舒展得像柏油路一样平坦
每天清晨和太阳一起送小孩上学
每天傍晚和晚霞一起接小孩回家
这些以前没有经历过的
现在开始和城里人平起平坐

老年活动中心里

奶奶学会了读书看报

爷爷学会了下象棋打麻将

儿童活动中心里

小孩开起了碰碰车跳起了蹦蹦床

2298 户 9688 人

从只长石头不长泥土

饮水靠天吃饭靠地的地方

告别了贫穷落后的石头

告别了愚昧的思想

搬到了这个远离贫困

靠近富足安康的吉祥小镇 ①

从此，把日子过成蜜

---

① 吉祥小镇是平果市最大的易地扶贫搬迁安置点，位于平果市西郊，建有 54 栋安置楼房，安置 2298 户 9688 人。

乡村风貌改造（组诗）

入户宣传动员

屯里的楼房，窗户
像一个个眼睛
大老远就看见了我们
一户一户的大门
张大嘴巴笑着
把我们迎了进去
"乡村风貌改造
是功在当代
惠及子孙的政策
我们一定大力支持配合"

我们还没开口

乡亲已知道我们的来意

那热情比楼房还高

和乡贤商议乡村风貌改造方案

一张圆桌上放着一张张
屯容村貌的航拍图
几个人围在圆桌边
他们都是村里德高望重的人
正在给屯容村貌
描绘宏伟蓝图
他们不停地指指点点
指尖流出一个个
圆美丽家园梦的方案

给楼房"穿衣戴帽"

批刀把雪白的一种
画上楼房的墙面
一片一片，像雪花
又像朵朵白云
电焊和方钢碰撞出爱的火花
一朵一朵，像美丽的烟花
绽放，在楼顶
于是，一座座楼房
从丑小鸭羽化成了白天鹅
雪白的墙，黛色的瓦

排污沟

一条排污沟，从屯内穿过
连接到每家每户
把从每家每户流出的污水排干净
也把从每家每户流出的
陈旧思想，陈规陋习
排干净 ——
改变农村脏乱差的面貌
除了清理乱搭乱盖
最重要的还要有排污沟

布亮屯亮了

乡村风貌改造提升
布亮屯家家户户都做了
墙面立面改造、坡屋顶建设
白墙黛瓦，古色古香
屯内水泥道路硬化
排污排水，绿化亮化
微菜园，微果园，微花园
墙绘幸福乡村，梦想家园
昔日脏乱差的布亮屯
如今干净整洁，宽敞明亮
成了乡村风貌改造提升示范屯
在党的乡村振兴阳光普照下
布亮屯亮了
亮得特别耀眼，特别醒目

片断

一

你走了，风还没来
我在等风
真的很无聊
刚跟云朵聊会儿天
你就来了

二

我的天空布满乌云
好久好久了
有一个世纪了吧
什么时候见到阳光呢
心好冷

三

你来了
却始终躲在云层不肯露面
还要让我等多久呢
别让柔柔的光
碎了一地

四

心跳如同巨雷
我们的爱情谷地
迅速升温
闷热得让人快要窒息
来一场暴风雨吧

一片叶子的爱情

穿过黄姚古镇

猝不及防

一片叶子飘过来

给我一个温柔的吻

我记得她穿青中泛黄的连衣裙

窈窕身段，婀娜多姿

醉，脚下千年青石板醉了

静谧的古镇，没有喧嚣

参天古榕，默默地

守候着一座座老宅

一块块青砖、一片片黛瓦

阳光懒洋洋地透过古榕树

仿佛把时光拉住

偶尔几声鸟叫，悦耳动听
感动？在这千年古镇
且不说 300 多幢古建筑
小桥流水，亭台轩榭
古井，石板街，古牌匾
香满天下的黄姚豆豉
只一片叶子朴素的爱情
让我感动了几个春秋

在楼道口

在楼道口，黑洞洞的楼道口

路灯不欢迎我

我那么远道而来

也不帮我亮一亮路

热情的酒，随风下来迎接我

身上混合着配料菜味汗味……

呛得我的胃翻江倒海，想吐

他们一群人在楼上喝酒

熙熙攘攘。听那说话的气势

一定个个光着膀子

展示粗壮的腰和海的酒量

谈论一些与酒相关和不相关的话题

这帮人，已经喝得天昏地暗

我没有上去，跟他们说

我，让楼道口给喝了

墙壁上的父亲

父亲在墙壁上，慈祥地看着我
仿佛在说，珍惜当下的生活
这是他当年跟着共产党
和无数先烈用生命和真理换来的
今年是共产党建党一百周年
也是父亲诞辰一百周年
如今父亲住在了墙壁上
身上的军装没有脱
胸前的那串勋章是父亲一生的荣耀
当年，父亲穿着这身军装
扛着枪支保家卫国
如今，父亲住在墙壁上
静静地守着这个家

父亲的疤痕

父亲小腿肚上
有一道比手指长的疤痕
那是一段岁月
一段硝烟弥漫的历史 ——
解放战争时期
父亲所在的部队转战云南贵州
那场战斗持续了七天七夜
那时父亲用生命穿过时间
一颗子弹给了他小腿肚一个吻
留下一段历史的印记

骑行

人生就像骑行

绊到了石头才知道

路，除了平坦还有石头

只有远行过

才知道路不都是直的

还有许多弯路

晒台上的爱情

你跟着凌晨来我家帮脱玉米粒
在我家的晒台上
与其说帮脱玉米粒
其实是找我姐谈恋爱

此时，皓月当空
此时，流光入神
此时，你们把月亮摁进黑夜里藏起来
公鸡和母亲催促睡觉多少遍，不管
夜幕里
你们谈论石头
和石头上盛开的花朵
谈论玉米花和黄豆虫

你说着方言

说着汉语词典里没有的词汇

说着一些我姐爱听的

名词、动词、形容词

玉米棒在你手中

滴溜溜地转

噼里啪啦 ——

甜言蜜语盛满一箩筐

以前和现在

以前
喜欢一个人
再见
现在
喜欢一个人
再见

行走的名片

罗江，一张行走的名片

悠悠江水浓墨重彩描绘

风景如画的河山

不食人间烟火的田园美景

有如人间天堂的罗江新农村

寻梦吗？潺亭水城带你走入梦境

古桥、廊坊、古戏楼……

恍惚间仿佛回到清朝

亭台轩榭、小桥流水诉说繁华

寻找刺激吗？

中国西部山地户外运动基地满足你

赛车、丛林穿越、露营……

到东篱南山国际乡村俱乐部吧

坐在咖啡厅里，喝着咖啡

或打打球，或到山脚体验

陶渊明采菊东篱下的境界……

体验农家乐吗？那就到

白马关滑草场及八〇后农场

无公害胭脂脆桃任你摘

还有骑马、射箭、亲子游乐……

桃花盛开的季节

你还能在仙境中游荡

白马关景区让你领略

罗江的名胜古迹人文景观

庞统祠和凤雏湖装着

三国蜀汉厚重的文化历史

香山鹭岛让你感受

中国梦幻般的乡村生活……

罗江，一张行走的名片

上面印着改革开放四十年来

中国乡村巨变的缩影

后视镜

车辆缓缓向前行使
一群电动车和小轿车
在我后面向我缓缓驰来
我向左看
后视镜左眼含笑看着我
我向右看
后视镜右眼温柔地看着我
对上了眼神
轰开油门
一声巨响
刺破前面的空气
一片豁然开朗

1995 年 7 月的某一天

那天我在一个叫群来坡的山顶

一个不长草，专门长友情

爱情，同学情的地方徘徊

你没有来，我们的约定

我手紧握你喜欢的发夹跑到你宿舍

她们说，你已经走了

这是为什么？我问天

天阴着一张脸说不知道

起风了，风好大

吹散了好多人

也吹散了你和我

送饭

我骑着风儿上山坡

天黑着一张脸

这时母亲正在地里锄草

蚂蚱在她的锄头下四处逃窜

我把饭盒放在母亲面前

雨点正和野草热烈地谈着恋爱

煮菜

姜，蒜，糖，醋，排骨……
在锅里寻找着形容词
火苗在锅底大声地笑
我挥汗如雨
等锅里长出一个个惊叹号
我把一天的心情端上桌

那棵树

走到那棵树就到了
父亲说
风在我的脚下抽筋
太阳用烙铁烫着我的脸
休息一会儿吧

走到那棵树就休息
父亲说
那里树荫如盖
可以乘凉
那棵树
看起来很近
走起来却那么远

目标是前进的动力

树叶上滚落的水滴

鸟儿的血盆大嘴也不能

把我当作它最后的晚餐

我要做一只透明的蝴蝶

在树叶上翩翩

我要做深潭中的一朵水花

让生命变得色彩斑斓

我，树桩和鱼

池塘里倒映着我，树桩
水里无精打采游荡的鱼
岸上萎靡不振的我
树桩看着我
我看着水里的鱼，还有树桩
鱼看着我和树桩
这长满了岁月苍桑的树桩
也曾经有绿叶簇拥
花鸟的繁华与喧嚣
如今被拦腰砍断，却依然坚挺
那盆口大的伤口又长出了新枝
我仿佛被电击了一下，
再看水里的鱼，早已躲得没了踪影
平静的池塘水面漾起一波波涟漪

在江边

三十年前，在这里
在这江边，你一跃而下
像一条金鱼
向江心那个漩涡游去
你说漩涡很美丽
就跟随它去了，再也没有回来

今天，我在这里
在这江边
望着茫茫的江水
那个你眼里美丽的漩涡
如今已变成一首忧伤的歌
19 岁，梦一般的年华

大哥叫你回家相亲结婚
你说天气热去游泳明天再回
这一去再也没有回来
江上那几艘船来来回回
寻找你已整整三十年

如今，你在哪里啊
你看山上的野花开得多烂漫
几只白色的水鸟在江面上自由地飞翔
鱼儿在水里追逐嬉戏
可是，你再也看不到，再也看不到
一只蜻蜓飞来飞去，不停地用尾巴点水
江是一把竖琴，蜻蜓为你弹奏挽歌
你在哪里啊
是否听到蜻蜓为你弹奏的歌曲
是否听到我呼唤你的名字

天上那朵无家可归的白云是你吗
今天，我在这里，在这江边
舀一瓢江水，燃一炷香，带你回家

父亲节，我为父亲剪发

父亲，今天是您的节日，也是我的节日

是天下男人必须经历过的节日

我拿着镰刀，锄头，铁锹

来给您剃头了，父亲

小时候你总是拿着一把大剪刀给我剃头

一剪一剪把我头上的长发剪掉

就像现在我拿着镰刀一刀一刀把您头上的

草割掉一样

我说长大了也要帮您剪发

如今我如愿以偿

父亲，你喜欢理光头还是平头呢

理光头好了，我想把丛生的茅草割干净
我知道，这草割了还会长
那么就让我一茬一茬地把它剪掉吧
即使有一天它长高过我头上的头发
今天，我也要完成我的心愿

和太阳对话

你来了，还笑得那么灿烂
你昨天说今天不来的，给雨让路
你看老农把那张黝黑的脸，贴近蓝天
希望额头上层层叠叠的皱纹
在天上叠成九重乌云，把你挡住
大地皮肤开裂
田里的庄稼都蔫死了
小溪断流，池塘干涸
你还有心情笑吗
此刻，我多想我是后羿
定一箭把你射下

玉米酒，玉米炼出的仙丹妙药

1

兄弟来我家，我说喝什么酒
兄弟说，玉米酒吧
这千年佳酿，玉米的灵魂
已陪伴我几十年
每晚不喝两口都睡不着觉
喝其他酒觉得味淡如水
就习惯喝它，不只醇香，还暖心
它是我的血液
是我身体里流淌的银河
血液里盛开的花朵 ——

血细胞如繁星点点

我说还没喝上就醉了，诗性大发

兄弟和你一样就好这一口

2

穿过千年的玉米地
我们看见了玉米的根
像一个海碗倒扣在地上
那根须吮吸大地的乳汁
然后孕育了玉米酒 ——
一种比香更香，比醇更醇的液体
让人喝了欲罢不能

3

我打开瓶盖，也不知这瓶是第几瓶
兄弟和桌下的瓶子已东倒西歪
酒香弥漫了整个屋子
空气中散发出醉意
今晚喝得尽兴，兄弟说
品酒如品诗，越品越有味
其乐也融融，其暖也融融
这来自玉米酿造的液体
让人喝了飘飘然
噢！这是
玉米修炼千年炼出的仙丹妙药
让人吃了羽化成仙

饮酒作诗

听闻家乡"土茅台"①

饮来甜美如小诗

呼朋唤友来畅饮

酩酊醉在故园里

不是诗仙胜诗仙

不是酒神胜酒神

酒兴作诗和友人

天下名酒谁第一

杯中玉液是玉米

浓香四溢入心脾

———————————
① "土茅台"即玉米酒。

喝酒就喝"土茅台"

吟诗就吟李杜诗

作诗饮酒

饮酒作诗

不留遗憾

儿子说明天带奶奶去旅游

这三伏天，83 岁的奶奶如何受得

儿子说奶奶还走得

趁暑假有时间带她出去走走

一家人一起去旅游

这是多少人想得到却做不到的事

有时候有钱又没有时间

有时候有时间又没有钱

一家人一起去旅游的机会确实不多

儿子说在奶奶有生之年

他要带奶奶去看遍祖国的山山水水
因为他爱奶奶，爱祖国的大好河山
趁奶奶还健在，早日完成心愿
再忙也要抽时间，不留遗憾

我爱这里的每一粒泥土

当山花漫山遍野的时候

我再次回到了我的故乡

汽车在芦苇丛中徐徐前行

苇花纷纷扬扬，像飘飞的雪花

一朵一朵，撒在车顶

偶尔几声鸟叫，让寂静的山更加寂静

我在芦苇丛中极力寻找童年的脚印

那脚印在我的脑海里还清晰可见

树上的鸟窝又浮现在我的眼前

一座座大石山像一页一页书翻开
村子缓缓地向我走来
车子停在了村头的停车场
车门挡不住乡亲们的热情
每一声招呼都温暖如三月的阳光
每一声问候都是敦厚淳朴
发自肺腑，没有一丝一毫做作
这里的乡亲是多么的可爱

啊
我爱这里的乡亲
我爱这里的一草一木
我爱这里的每一颗石头
我爱这里的每一粒泥土

从明天开始做一个开朗的人

从明天开始做一个开朗的人

笑容如花儿一样灿烂

声音如钟声般洪亮

出门见人就打招呼

人没到声音必须先到

从明天开始做一个健谈的人

主动找人聊天，无所不谈

大声说话，开怀大笑

225

从明天开始

愿我们每一个人都活得轻松快乐

愿人间每一个夜晚都流光溢彩，每

一个白天都阳光灿烂

愿人间再没有抑郁

你挑着担儿下山岗

你挑着担儿下山岗

夕阳映照你的影子

你的影子和村子连接

扁担在你肩膀上颤悠

扁担在山的脊梁上颤悠

你的脊梁和山的脊梁相连

扁担在整个村子的肩膀上颤悠

整个村子都在等你，等你

挑回来一担霞光

227

想起《茅屋为秋风所破歌》

建楼造屋，谁能问鼎
江边的那一湾风景，大地
产生的最美幻觉也不过如此
八月，秋风猎猎
美墅豪宅在怒吼的风中坚如磐石
我想起了《茅屋为秋风所破歌》